VENTE

HOTEL DROUOT — SALLE N° 7

Le Samedi 23 Mars 1912

A 2 HEURES TRÈS PRÉCISES

EXPOSITION PUBLIQUE

Le Vendredi 22 Mars 1912

DE 2 HEURES A 6 HEURES

TABLEAUX

PAR

NORBERT-GOENEUTTE

Aquarelles, Pastels, Dessins, Gravures, Eaux-Fortes

MEUBLES & SIÈGES ANCIENS

Faïences, Armes, Bronzes

Me FOUGÈRE

COMMISSAIRE-PRISEUR

7, Rue de Berne

M. GUILLAUME

EXPERT

13, Rue d'Aumale

CONDITIONS DE LA VENTE

———

Elle sera faite au comptant.

Les acquéreurs payeront *dix pour cent* en sus des enchères.

L'exposition mettant le public à même de se rendre compte de l'état des objets, il ne sera admis aucune réclamation une fois l'adjudication prononcée.

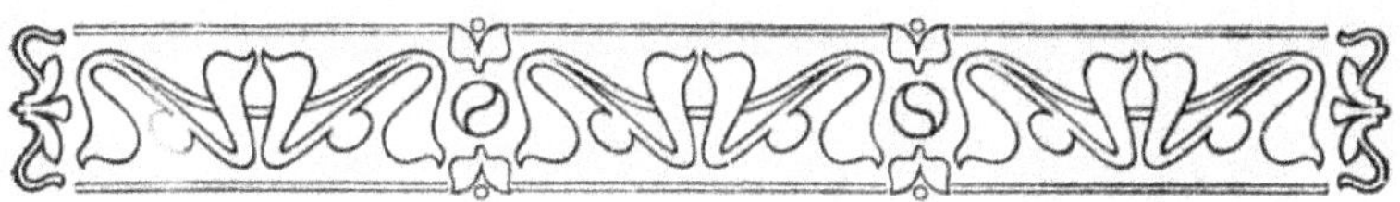

DÉSIGNATION

TABLEAUX

AQUARELLES, PASTELS, DESSINS, GRAVURES

GOENEUTTE (Norbert)

1 à 12 — Paysages. Marines. Nature morte.

    Toile.
    Sera divisé.

GOENEUTTE (Norbert)

13 à 20 — Paysages. Portraits. Esquisses.

    Panneau.
    Sera divisé.

GOENEUTTE (Norbert)

21 à 30 — Vues de Pontoise. Groupe de maisons. Le Marché. Nature morte. Marines.

    Aquarelles.
    Sera divisé.

GOENEUTTE (Norbert)

31 à 36 — Bord de ruisseau. Vue de Venise. Vues de Hollande. Portraits.

    Dessins, pastels, sépia, sanguine.
    Sera divisé.

GOENEUTTE (Norbert)

37 — Lot de dessins à la plume.

Sera divisé.

38 — Fort lot d'estampes, lithographies, eaux-fortes, etc... par Norbert Goeneutte.

Sera divisé.

39 — Fort lot d'estampes, lithographies, eaux-fortes, etc... par divers.

Sera divisé.

ROSA BONHEUR (Atelier)

40 — Farniente.

ROSA BONHEUR (Atelier)

40 *bis* — Étude de têtes de cerf.

Toile.
Cachet de la vente.

BAUDRY (Paul)

41 — Sujet allégorique.

Projet de plafond sur panneau.

BAUDRY (Paul)

42 — Jeunes filles assises.

Dessin au fusain signé en bas au milieu.

BOUDIN (Attribué à)

43 — Le port de Dordrecht.

Toile

BOUTIBONNE

43 *bis* — Intérieur.

> Panneau.

COROT (Attribué à)

44 — Sommet de carrière brisée à Fontainebleau.

DESHAYES (E.)

45 — Vieux marché normand.

> Toile.

DURAND-LORIENTAIS

46 — Scène de la Révolution.

> Esquisses et études sur toile non encadrées.
> Toile.
> Sera divisé.

47 — Procession en Espagne.

> Toile.

48 — Scènes d'église.

> Deux peintures. Toile.

49 — Sollicitude maternelle.

> Petit panneau.

50 — Porteuse d'eau.

> Petit panneau.

DUVAL-GOZLAN

51 — Le Pré.

> Panneau.

DUVAL-GOZLAN

52 — Les Côteaux.

Panneau.

FORAIN (L.)

53 — La femme à la robe mouchetée.

Aquarelle.

GARAT (Francis)

54 — Marine.

Aquarelle.

HARPIGNIES

55 à 58 — Quatre dessins.

Sera divisé.

LAFENESTRE (Gaston)

59 — Intérieur d'étable.

Toile.

MURER

60 — Le pot d'iris.

Pastel.

PILLE (Henri)

61 — Vue d'un port.

Dessin à la plume.

HUBERT-ROBERT (Genre)

62 — Vue de cascade.

Toile. Cadre bois sculpté ancien.

PILLEMENT (Attribué à)

62 *bis* — Deux paysages avec rochers.

Formant pendants.

ECOLE 1830

63 — Garde national à cheval.

Toile.

ECOLE ANGLAISE

63 *bis* — Rivière dans un paysage.

ECOLE DE 1830

64 — Buste de jeune fille brune.

Aquarelle gouachée.

ECOLE IMPRESSIONNISTE

65 — Pommes et plat de grès sur une nappe rouge.

ECOLE HOLLANDAISE

66 — Deux scènes de cabaret.

Panneau.

ECOLE HOLLANDAISE

67 — Tir à l'arc.

Panneau.

ECOLE HOLLANDAISE

68 — Scène de cabaret.

Panneau.

69 — Le Savetier.

Toile.

INCONNU

70 — Portrait d'homme en toquet.

Panneau.

INCONNU

71 — Femme voilée de gaze.

Pastel.

INCONNU

72 — Paysages.

Deux pastels.

INCONNU

73 — Tête de femme.

Dessin à la sépia rehaussé de rouge.

INCONNU

74 — Marine. Vue de Pornic.

Panneau.

75 — Paysage d'hiver.

Panneau,

76 — Deux peintures sur cuivre, sujets religieux.

77 — Moines et cavaliers. Vue de ruines.

Gouache.

78 — Deux dessus de portes.

Peintures anciennes.

79 — Lot de gravures en noir. Portraits. Vues, etc.

Sera divisé.

8o — La Consultation.

Reproduction Abel Faivre.

81 — Le Mouton favori.

Gravure en noir.

82 — La Comparaison.

Gravure en noir.

83 — L'Optique.

Gravure en noir d'après Boilly, par Cazenave.

MOUNTAIN (Mrs)

84 — Lithographie en couleurs.

FAIENCES, PORCELAINES

BRONZES, ARMES, MEUBLES, SIÈGES
PIANO, OBJETS DIVERS

85 à 88 — Porcelaines. Faïences. Grès. Céramique. Vases. Pichets. Pots de pharmacie. Statuettes. Groupes.

    Sera divisé.

89 — Deux bouteilles Delft.

90 — Bols, cache-pots, boîte à thé.

    Sera divisé.

91 — Deux bustes et deux groupes musiciens et danseuses, porcelaine d'Allemagne.

92 — Statuettes, groupes, figurines porcelaines de Berlin, Louisbourg, Saxe.

    Sera divisé.

93 — Vase jade, anses et tête d'éléphant avec couvercle chimère.

94 — Galerie de foyer en bronze ciselé : modèle à pilastres et croisillons.

95 — Fontaine ancienne en bronze.

96 — Encrier ancien bronze.

97 — Groupe : chien et lapin, de Delabrierre.

98 — Groupe : sanglier, de J. Albo.

99 — Encrier bronze.

100 — Deux bouts de table Louis XIII fer forgé et bronze doré.

101 — Deux jardinières Louis XIV métal argenté.

102 — Deux chenêts Louis XIII.

102 *bis*. — Lot d'armes japonaises.
Sera divisé.

103 — Bureau à dos d'âne formant armoire dans le bas, en noyer sculpté. Travail hollandais.

104 — Bahut à deux corps en chêne, flanqué de colonnes torses. Epoque Louis XIII.

105 — Petit bureau Louis XVI.

106 — Coffre en chêne sculpté à mascarons, coquilles et rinceaux.

107 — Console Louis XVI, dessus marbre, galerie cuivre.

108 — Desserte acajou L. XVI, 2 grands tiroirs.
Long.: 1ᵐ70. Larg.: 0ᵐ83

109 — Guéridon octogonal en bois naturel orné de sculptures, de fleurs et feuillage.

110 — Lit de milieu en bois naturel sculpté, à cannelures. Epoque Louis XVI.

111 — Lit Empire à têtes de femme.

112 — Piano droit de Pleyel.

113 — Poudreuse Louis XVI, bois de rose.

114 — Secrétaire bois de rose Louis XVI.

Haut. : 1m32. Larg. : 0m78.

115 — Stalle bois sculpté.

116 — Table rectangulaire à pieds cambrés, couverte d'un marbre.

117 — Table de nuit acajou ancienne.

118 — Trumeau ancien.

119 — Cadre bois doré ancien.

119 *bis* — Trois cadres bois sculpté et doré.

120 — Banquette Louis XVI.

121 — Deux bergères Louis XVI, recouvertes tapisserie.

122 — Quatre chaises Louis XIII chêne.

123 — Deux fauteuils Louis XVI

124 — Armoire normande.

125 — Bureau de dame.

126 — Bahut noyer.

127 — Bahut Renaissance.

128 — Cheminée en marbre blanc.

129 — Commode Louis XV marqueterie de bois avec bronzes.

130 — Commode ancienne en marqueterie, dessus bois.

130 *bis* — Commode demi-lune style Louis XVI.

131 — Canapé avec coussins, deux fauteuils, quatre chaises noyer.

132 — Chambre à coucher noyer : Lit, armoire à glace, table de nuit et literie, commode, armoires portes pleines.

Sera divisé.

133 — Glaces cadres dorés.

Sera divisé.

134 — Horloge ancienne.

135 — Secrétaire Louis XVI marqueterie, dessus marbre gris.

136 — Rideaux, Portières.

137 — Tapis d'escalier.

138 — Tapis, Carpettes.

139 — Tentures murales.

Sera divisé.

OBJETS DE VITRINE

140 — Triptyque ivoire : Jeanne d'Arc.

140 *bis*. — Trois coupes agate.

141 — Broches, cadres, boucles et boutons anciens avec strass et pierres de couleur.

> Sera divisé.

142 — Carnets de bal et carnets-souvenirs, nacre, écaille et ivoire.

> Sera divisé.

143 — Etuis en ivoire, monture argent.

> Sera divisé.

144 — Eventail, monture d'ivoire, feuille à vase fleuri. XVIIIe siècle.

145 — Dix-sept flacons à odeur cristal taillé, bouchons argent, certains ornés d'émaux.

> Sera divisé.]

146 — Manche de canne sujet Minerve, argent ciselé.

147 — Nécessaire de toilette cristal garni d'argent et plaqué, dans un coffret.

148 — Petits vases et porte-bouquets filigrane, boîtes et bonbonnières argent et argent doré.

> Sera divisé.

ARGENTERIE, PLAQUÉ

149 — Salières, moutardier, cuillers à sauce, pelles à glaces, à fraises et à saupoudrer, louches, en argent et métal argenté.

Sera divisé.

RED. :

18

graphicom

0 1 2 3 4 5 6 7 8 9 10